시안황금알 시인선 14

포르노 배우 문상기

이동재 시집

시안황금알시인선 14

포르노 배우 문상기

초판인쇄일 | 2007년 06월 08일
초판발행일 | 2007년 06월 15일

지은이 | 이동재
편집인 | 오탁번
펴낸곳 | 도서출판 황금알
펴낸이 | 김영복

주   간 | 김영탁
편집실장 | 조경숙
표지디자인 | 칼라박스
주   소 | 서울시 중구 필동2가 124-11 2F
전   화 | 02)2275-9171
팩   스 | 02)2275-9172
이메일 | tibet21@hanmail.net
홈페이지 | http://goldegg21.com
출판등록 | 2003년 03월 26일(제10-2610호)

ⓒ2007 이동재 & Gold Egg Pulishing Company Printed in Korea

값 6,000원

ISBN 978-89-91601-41-3-03810

시안황금알 시인선 14

포르노 배우 문상기

이동재 시집

황금알

개와 꼰대*는 읽지 마시오.
언니야, 풍자가 아니면 자위다.

어느 날 같이 사는 여자가 말했다.
'당신 작품이 잘 팔리기만 한다면, 모든 걸 용서해주마!'

2007년

이동재

---

* 내가 말하는 꼰대란 생물학적인 나이와는 상관없이 앞뒤가 꼭 막힌 편협한 인간, 자기 것만 챙
기고 자기 주장만 하는 인간, 자릿값이나 나잇값을 하지 못하고 주책없이 말을 함부로 하는 인
간들을 의미한다.

차 례

1부
도깨비 멸종에 관한 보고서

2부

그녀의 개가 무서워 그녀에게 갈 수 없네

5부
대한민국의 마감 뉴스

1부

도깨비 멸종에 관한 보고서

논두렁에 스치는 바람

우리 같은 논두렁 출신이나
당신 같은 밭두렁 출신은
논두렁 밭두렁에 까놓은 새알인 게야
벗어놓은 뱀의 허물인 게지
그냥 바람인 게야

소들은 다 어디로 갔나

저 물오른 무논을 갈아엎고
싱싱한 대지를 뒤엎던
고삐 풀린 소들은 어디로 갔나
해마다 봄이면
겨우내 여물 씹던 외양간을 박차고 나와
하루 종일 쟁기질을 하던
한국의 그 황소들은 다 어디로 갔나

겨우내 이불 속에서
여인네의 젖가슴을 주무르던 두 손으로
그 쟁기 힘차게 부여잡고
한 해를 호령하던
그 당당하던 한국의 사내들은
또 어디로 갔나
다 어디로 가버렸나

내 몸의 털

날마다 거울 앞에 면도칼을 들고 서서

욕실 세면대 욕조 바닥에

수북히 쌓이는 각 부위의 털을 보며

새삼 깨닫는다

내 몸은 아직 짐승이란 걸

중학생 인간

짐승도 아니고 인간도 아닌
태어나서 살다보면
사람에겐 그런 나이가 있어
가관이지
하루에도 열 댓 번 그 생각만 하고
개나 소 돼지의 그것도
허투루 보지 않는
넋이 나간 그런 인간이
열병처럼 앓고 나면
그냥 바람인,
시절이, 사람마다 있어. 음.

도깨비 멸종에 관한 보고서

생각나나 누이야
바람난 아버지 찾아 한밤중에
이웃 동네를 헤매고 다닐 때
들판 저 쪽에서 반딧불 만한 불이 일어나
이 쪽으로 보름달 만해져서
다시 저 쪽으로 사라지던 그 불빛을

생각나나
옆집 광숙이네 뒷간 지붕 위에
한밤중이면 나란히 앉아 오순도순 속삭이던
머리 하얗게 흰
그 할아버지 할머니를

또 생각나나
아랫마을 정이네 부엌
가마솥 솥뚜껑을 솥 안에 집어넣다
뺐다 했다는 그 손길을
잊지 못할 거야 퇴근길
사촌 형님의 발길을 매일 밤 바닷가로 이끌던

정체 모를 그 존재를

생각나나 누이야
어머니가 나무하던 초저녁 산기슭
이 무덤에서 나와 저 무덤으로 들어가던
짧게 깎은 그 머리의 남자를
생각나나
생각나나
한밤이면 옆집 처녀의 방에
들락거리던 그 그림자를

누이야, 늬는 정말 아나?
내 앞의 술잔을, 누가 비웠는지!

바람에 노닐다

그때 바람은 산마루에서
바닷가 갯벌 쪽으로 불었을지 모른다

소 닭 보고 쫓아가고
병풍에 그린 닭이 또 울고
동네 개들이 한 곳으로 몰려갔는지도 모른다

바람이 불고
소금 먹은 끈끈한 바람이 불고

그 때 난,

그 때 난,

타고 싶었던 것이다!

타고 싶었던 것이다!

세상의 모든 여자를,
아니, 암내난 모든 암컷들을!

주례를 서며

내 바람도 어쩌지 못하는 나이에

더 젊은 니 바람을 어찌하랴

미친 바람

네 귓가에 와
속삭이는 바람이 있다면
네 목덜미를 간지럽히는
어지러운 바람에
어느 날 문득 아득하다면
그냥 발정난 수컷의 페르몬이라고 생각해
길을 가다가 문득
끈끈한 시선이 네 치마 밑을 따라오거든
뿌리치지 말고 잠시 네 가랑이에 묻어둬
그 새끼의 에미 애비도
그 새끼의 새끼 새끼들도
모두 다 그랬을 테니까
그냥 그러려니 해
어차피 거기가 그 시선의 무덤이라고 생각해
미친 바람이라고

소수 종족을 꿈꾸다

인간만이 이 지상에서 나날이 번식하는 동물이란 사실을 난 결코 기분 좋게 인정할 수 없다 길을 내고 건물을 올리느라 나무도 풀도 치워버린 서울 강남대로에서 언젠가 이곳을 지나던 멧돼지 곰 호랑이 토끼 노루 사슴 다람쥐 뭐 얘네들을 생각하다가 그들이 없는 이 거리가 쓸쓸해진 것인데 탐욕적인 인간의 번식이 아름답지만은 않다고 생각하며 먼저 간 그들에게 영 미안한 것인데 난 다시 한번 이 거리의 저쪽에서 멧돼지나 사슴을 쫓고 있는 인간을 아니 곰이나 호랑이에게 쫓기는 여자의 후손을 꿈꾸는 것이다 그러다 매캐한 공기에 정신이 돌아와 다시 매끈한 암컷의 다리에 정신이 팔리고 그 여우의 뒤나 쫓아가 흘레붙고 싶은 것인데 그 짓이 또 대책 없는 번식이라 생각하니 또 염치없는 일이라 사라진 이들에게 면목없어 하다가 선대의 고향은 지금 이곳이 아니었을 아니 언제부턴가 타향살이를 하고 있는 골동품 같은 몇 그루의 가로수에 눈길을 주다가 먼 미래 다시 저쪽에서 쫓기고 있을 후손을 아니 이 모든 배경에서조차 사라진 지상의 풍경을 다시 그려보는 것이다

그때 우리 아무 일도 없었다

고등학교 때 연애편지를 주고받던
내 친구 한정자
결혼해서 시흥에선가 학원하며
남편과 애 둘 낳고
오순도순 즐겁게 산다는 내 친구
지금 그렇게 사는 것이 스스로도 대견스러워
나한테 고맙다는 그 정자
뭐가 고맙다는 건지 잘 모르겠지만
그대 남편도 그 사실을 아는지
짜식, 첫날밤 오롯이 처녀인 여자 앞에서
아찔했을까, 기고만장했을까
한동안 세상 모르게 연락도 없이
살아온 촌여자 한정자
나랑 살 수도 있었을 그 정자
그때 우리, 아무 일도 없었다.

야간비행 飛行? 非行?

공군장교시절
새색시를 천리 밖에 두고
주말이면 진짜 비행을 했고
주중엔 밤새 진주 시내에서
야간비행을 했어
비행장교였지
날아도 날아도 끝이 없더군
남강의 밤안개도
우리의 비행을 막지는 못했어

　　　공고
아래의 공군 장교들은 보름달이 여시같이 보이고
옆에 있는 사람들이 느닷없이 낯설어 보이는 날 비행 대기
할 것(야간 투시경이나 거시기 지참)
조종 중위 윤태준
작전 중위 김상규
관제 및 통신 중위 강순조
무장 및 보급 중위 심재훈
특별 참모 쌩떼쥐베리

- 지구방위대장 대한민국 예비역 공군 중위 이동재 백
(근데 진욱이는 어디서 뭐 한데?)

역전의 용사들
– 역전의 처녀들을 추억하며

외국도 그런지는 모르겠으나
우리 나라 전국의 모든 역전
혹은 역 좌우 또는 역 뒤에는
그게 발달해 있었다

그 곳에서 동정을 떼인
대한민국 장정 여러분
현역 및 예비역 민방위
그리고 할아버지 조상님네들

역전의 용사님들
혹시 그 곳에서 성병을 옮아
죽은 전우들이 있다면
명복을 빌겠습니다, 묵념.

누드 달력

매달 여자들을 갈아치웠어
쭈쭈빵빵한 걸들로
백인 흑인 황인
골고루 섞고
하나같이 벗겨서
적당히 세워 놓았어
그 아래 이렇게 적혀있더군
'국제 윤활유'
그 앞에서 난
달마다 고개를 끄덕였어,
자기도 요즘 뭔가 뻑뻑하지 않아?

차령산맥

이 산맥을 방패로 한 시절 번성했던
왕조는 흔적도 없이 사라졌다
저 고개에 길을 내던 사내는
땀내 나는 몸을 초막에 뉘며
하룻밤 저기 어디쯤에서 거칠게
여자를 품었을지도 모른다
저 고개를 넘어왔던 이국 군대의 말발굽도
대륙의 황사도 저쯤에서
고달픈 하루를 또 그렇게 풀어놓았으리라
대나무 감나무의 북방한계선
나무들도 이 산맥 앞에서 좌절하는가
허나 봄꽃들은 산맥을 넘어 북상하고
국토는 지금 이름 없는 들꽃과 풀꽃들의 향연이다
천지가 온통 개벽이다.

조기교육

동화『잠자는 숲 속의 미녀』가 일찍이 내게 가르쳐준 것 한 가지,

　ㅡ '미녀가 없으면 세상은 죽은 거나 마찬가지다.'

결혼심판 혹은 주례, 주례사

이제부터 그대들의 섹스를
공식적으로 허하노라!

아무 때나

맘껏

힘써

열심히

……

뭐든

뭐든 말이지.

봄날은 간다

아무도 봄날이 간다고

한 번 주지도 않았고

한 번 하자고 달려들지도 않았다

이, 뭐꼬?

2부

그녀의 개가 무서워 그녀에게 갈 수 없네

카페 로미오와 성춘향

온 나라가 국제화로 놀아나더니
춘향골 남원에 요상한 상호의 카페가 생기데,
양공주가 된 춘향이가 로미오랑 놀고 있을 때
이도령은 줄리엣의 정부 노릇을 제대로 하고 있는지,
나는 단지 그게 궁금할 뿐이다.

카페 피카소

어떤 면에서 이 나라는 상당한 선진국이야
더 이상 뜬구름 잡는 얘기하며 술을 마실 필요 없어
이젠 술집에서 국문과를 졸업한 걸들을 만나는 게 우연
한 일만은 아니야
황진이 이후 최고의 인텔리 걸들이 수두룩해
스스럼없이 우린 소월의 청승과 만해의 변태 어조
김영승의 좆꼴림과 박남철의 열린 보지와 그 적들에 대해
공감각적으로 주고받지
서슴없이 단호하게 마지막으로 비장하게
내 지갑의 카드에 아낌없이 손이 가게 하는
우아한 상징 온몸의 은유와 환유
시답지 않은 교수들보다 더 믿음직한 저들의 지조와 의리
나, 저들의 기둥서방이 되어 한 세상 잊고 싶어
강의실에선 내가 저들의 스승이었으나
이 곳에선 저들이 나의 스승이야

오늘 현대문학사 시간엔 그대들의 선배들을 사적으로 검
토해보자.
자, 작업 들어간다!

하바나 어느 카페

그 영화의 제목은 잊어버렸지만 쿠바 혁명이 한창일 무렵 하바나의 어느 카페에서, 노교수 한 분이, 탈출해야할 순간 혁명군 장교의 아내를 두고 고민하는 미국인 도박사 잭 파일(로버트 레드포드)에게 이런 말을 하지, ‘세상에서 여자 만한 건 없어, 완벽하지. 나머진 모두 엉터리야. 아무리 못난 바보에게도 그를 사랑하는 여자가 있게 마련이거든. 마음에 들거든 가서 잡으라고, 뭘 망설이는 거야!’ 기타 등등. 전적으로 동감이야. 그만한 강의실이 세상에 어디 있을 라고? 그 말이 나에겐 쿠바 혁명보다도 더 혁명적이었어, 나머진 모두 엉터리라고!

교회당 카페

주님을 바꿨어요
더 이상 약발이 듣지 않아 십자가를 치우고
야리꾸리한 네온등을 달았지요
성경대신 양주 맥주 소주 등 다양한 주님과
안주가 가득한 메뉴판으로 교과서도 바꿨어요
청순한 수녀보다 섹시한 마담이 좋잖아요
그래서 그것도 그렇게 했어요
십일조보단 넉넉한 팁이 좋죠
여기 오는 자 모두에게 화끈한 볼거리와 먹거리를 제공
하죠
취향이 별난 분들을 위해 미성년자
다른 말로 영계반도 운영하면 얼마나 좋을까요
주님 앞에 모두 평등이잖아요
전주대에서 금산사 쪽으로 가다가 그리로 가지 말고
모악산 쪽으로 잠시 발을 돌리면 되요
지도엔 표시돼 있지 않습니다
혹시 어쩌다가 웬 젊은 교수 하나가
러시안 집시 카드 점을 치고 있을지도 모릅니다
그러면 거부하지 말고 그냥 운명을 맡겨보세요

공고
별도의 주일 예배는 하지 않으나
매달 그 날은 쉽니다. 마법은 안 통하거든요.

카페 만남

난 더 이상 김마담의 시다바리가 아니야
솔직히 김 마담은 한물 갔잖아
우리 집에 오는 것들 다 내 살이 그리워서 오지
떼거지로 달려드는 놈들
혼자서 오는 실속파
모두 내 사정射精권 안에 있어
나라님도 씹을 하려면 무릎을 꿇는다고
잘난 체 하는 놈들도 소용없어
학벌도 소용없고 직업의 귀천도 필요 없어
좆 끝에 그게 쓰여 있는 것도 아니니까
얌전히 침만 삼키고 있는 꼴깍쇠
시종일관 껄덕대는 껄떡쇠
기회만 포착되면 말없이 삼켜버리는 꿀꺽쇠
모두가 꼴려있지
내 앞에선 모두 돌아버리지
난 더 이상 너희들의 시다바리가 아냐
목만 뻣뻣하다고 그게 되냐
그게 뻣뻣해야지
술만 먹으면 큰 소리 치던 것들
절개도 지조도 없이 시도 때도 없이 오그라들데

난쟁이 좆만한 것들
너희들은 고로 내 시다바리들이야
혁대 풀기 전에 목에 힘부터 풀어 새캬!

알함브라 바아의 추억

'얼마면 되, 얼마면 되냐고?'
그때 그렇게 묻고 싶었다.
술병 뒤로 하나, 둘, 셋!

카페 째즈

그녀의 개가 무서워
그녀의 침대에 갈 수 없네

그녀의 개
그녀와 한 방 쓰네
화장실 변기 위에 앉은 그녀
목욕하는 그녀
속옷 갈아입는 그녀
녀석은 두 눈 멀쩡히 뜨고 지켜보네

그녀의 남자 친구
그녀의 침대에서 한참 작업하다가
주인을 잡아먹으려고 하는 줄 알고
달려든 개에게 목을 물려 죽었네
꼴에 수캐라고 질투한 건지도 모르네

나 그녀의 개가 무서워
그녀에게 갈 수 없네
(개 치워 강마담!

유혹하지마,
무서워, 무서워서 할 수가 없어!)

막걸리 카페

고대 정문 앞 골목 입구 모퉁이에 있던 〈형님네〉
좀 이른 저녁 느닷없이 들이닥치면
형님은 서너 평 남짓 되는 술집 바닥에 앉아
큰 다라이를 놓고 막걸리 한 말에
수돗물 반 말 정도를 들이붓고 있었다
그 날의 영업 준비를 그렇게 하고 있었던 것인데
눈이 마주치자 겸연쩍게 웃으며
'오늘은 술이 워낙 좀 독해서……'
그래도 어쩌겠는가?
깍두기에 카바이드 술 몇 통 훌쩍 비우고
기분이 좋으면 파전 하나 추가해서 안팎의 모든 것을
술에 물 탄 듯 물에 술 탄 듯 그렇게 잊었다
하지만 그 날 술값은 외상이란 사실마저 잊지는 않았는데
내 청춘이 사라지듯 고모집도 이모집도 호질도 고려의
집도
그렇게 다 사라졌다, 종쳤다.
꿈속에서나 형님! 여기 막걸리 따~블! 영~ 대답이 없다.
가물가물하다, 기억에 물 탔다.

씹을 위하여

학생들에게 최영미의 시 한편을 읽어주는 시간
'아아 **컴-퓨-터**와 **씹**할 수만 있다면!'
낭독을 마치자
한 학생이 씹이 뭐냐고
어느 나라 말이냐고 물었다
처음엔 날 놀리는 줄 알았다
그 표정이 너무나 진지해서 정말 모르냐고 했다
'씹이 뭔 줄 모르는 학생 손들어봐!'
삼십 명의 학생 중 십여 명의 학생이 주섬주섬 손을 들었다
처음 들어보는 말이란다
충격이었다
씹을 모르다니
허리우드 영화나 포르노를 보며
섹스를 해서 낳은 아이들이라 그런 걸까
의심도 해보고, 너무 모범적인 환경에서 자란
아이들이라 그런가 생각도 해보았다
씹도 모르니 좆도 모르는 걸까?
그 동안 난 씹도 모르는 애들하고 뭘 한 걸까?
대학생이 씹도 모르다니?

국어사전을 처음 뒤적이기 시작할 때
제일 먼저 찾아보는 단어 아닌가?
생활 기초 단어 아닌감?
그래서 그런 거다
이젠 그걸 그냥 씹이라 하자
자지 보지라 하자, 오히려 낯설지 않은가?
알량하게 점잖은 척 꼬브랑 글씨로 가리지 말자
씹해서 낳은 자식 씹이 뭔 줄도 모른 채 씹하고
빳빳하게 고개 쳐들고 살아가게 하지 말자
그래서 또 그런 거다
'호텔=비싼 씹자리 모텔=그저 그런 씹자리
여관 혹은 여인숙=한물간 씹자리'
이젠 제발 그걸 씹이라 하고
그걸 하는 델 그냥 씹하는 데라고 하자
빵기치지 말자!
마지막으로 엄지를 검지와 인지 사이에 밀어 넣으며
자, 다 같이 자신 있게 발음해 보자, **씹!!!** 수업 끝.

카페 호질虎叱

호虎형, 그때 비위가 좀 상하셨더라도 잡수셨어야죠
제것 아닌 것을 취하는 '도盜'의 무리와
남을 못살게 굴고 그 생명을 빼앗는 '적賊'의 무리가
날로 번성하는 현실이고 보면
마땅히 그때 준엄한 꾸짖음에서 그치지 말고
아주 아작을 내셨어야죠
하토下土의 천한 상것들이 어찌
하풍下風에 부화뇌동하는 것을 보겠습니까
저녁마다 술로 구린입들을 닦아낸다고는 하나
식자들의 저 아첨과 어불성설이 하세월에 그치겠습니까
인왕산의 호형도 사라진 지금
누가 있어 하늘이 높고 땅이 두터움을 깨우쳐주겠습니까
지금 세상은 각기 성이 다른 과부 동리자의 자식들과
북곽의 제자들이 판을 치는 세상입니다

한병옥 선생님의 자전거

지리산 만복대 진달래 철쭉의 냄새를 맡았나
간밤 지나간 비에 뒷동산 죽순이 돋았소
강남 갔던 제비가 박씨 물고 돌아왔을까이
어이어이 요천수 건너 잘도 굴러간다

변학도가 변심했소
춘향이 엄마 시집을 갔소
한양 간 이도령이 바람났을까이
지리산이 섬진강 물에 익사했소
오토매틱 자동이다 스르르 스르르

오늘은 또 박회장 댁 술이 되나
채선생도 한 잔 되요이
강 건너 사모님의 술이 됐을까이
삐걱삐걱 술냄새를 맡으면 내내 자동이다 그만이다

남원 이별

안녕, 복사꽃아
너 여뀌풀 요천수
광한루, 만복사지의 정적靜寂아

지리산 육모정 정령치 만복대
뱀사골 노고단 반야봉
그리고 철쭉의 다래봉
이름 모를 초목과 계곡의 암자들아, 안녕

물오르는 섬진강 압록 화개 악양
그리고 남해 금산 미조여, 안녕
사람아 바람아 너도 아~안~녕!

3부

■ 시인의 얼굴과 육필

논두렁에 스치는 바람

梅山 李東宰

우리 같은
논두렁 출신이나

당신 같은
밭두렁 출신을

논두렁 밭두렁에
까놓은 새알인 게

야
벗어놓은
밤의 허물인 게지

그냥 바람인 게야

4부

문학동네

카프카를 읽으며

카프카가 그렇게 불쌍한 사람인 줄 미처 몰랐어
편영수 교수의 『프란츠 카프카』를 읽기 전까진
그의 엄마가 동생들을 자꾸자꾸 임신하는 바람에
어린 시절 어머니의 얼굴조차 제대로 보지 못하고 자랐
다니
어머나, 세상에 어찌 그런 일이

나는 이제 이 땅의 모든 장남들이
통닭을 혼자서 통째로 먹으려고 해도
얄미운 동생들을 마구 때려줘도
마누라를 쥐 패도 이해할 거야

또 이 땅의 모든 장녀들이 이혼을 해도
백화점에서 물건을 슬쩍해도
땅투기를 하고 화냥질을 해도
설사 그녀들이 비록 변태라고 해도
그저 그러려니 할거야

어머나 어쩜, 동생들을 자꾸자꾸 임신하는 바람에

어머니 얼굴조차 못보고 자랐다니,
아, 카프카여!
이 땅의 모든 카프카들이여!

공자의 바람

바람이 불면
풀은 눕는다

바람이 불어도
눕고
안 불어도
눕고
비바람이 와도
눕고
안 와도 눕고

알아서 다 눕는다

바람의 외출

집 안의 공기가 답답하여
집 밖으로 바람이나 잠시 쐬러 나왔다가
바람 쪼금 피우고
돌아가는 아줌마들에게
축복 있으라
영양 만점 시장바구니에
행복 있으라

문학동네

골목마다 아낙네들 거느리고

가갸거겨

소월이 지용이 목월이

글 읽는 소리 낭랑하다

글짓기 강습소마다

우리 문학은 아낙들이 있어 행복하다

시인은 무엇으로 사는가

시인이 세상을 떴다
그는 언젠가 내게로 와 꽃이 된 적도 있으나
아름다운 꽃만은 아니었다

시인이 아름답지 않은 건
시인이 살았던 세상이 아름답지 않아서가 아니라
시인이 차마 아름답지 못해서다

꽃이 졌다
사람들은 줄지어 조문을 가는 모양이지만
나는 그에게로 갈 수가 없다
시인이 아름답지 않기 때문이다
시인의 죽음이 아름답지 않은 것이 아니라
(죽음은 원래 추하다)
한때의 그의 삶이 아름답지 않았으므로
나는 한때의 그를 기억하며 가지 않는 것이다
그래도 조문은 해야하지 않냐고
제법 윤리적으로 말들하지만
나는 저들의 말속에서 세한후歲寒後의 변절을 본다

"

시인이 배고플 때 세상 사람들 누구 하나
밥 숟가락을 떠준 적 없어도
시집 한 권 사 본 적 없어도
사람들은 욕할 자격이 있다
그는 시인이므로 욕먹을 자격이 있다
'민정당 국회의원 김춘수'

시인은 정치인에게 절하지 않으므로
나는 조문을 가지 않는다
시인의 죽음이 아니므로 가지 않는다.

귀　향

한 사흘 비가 내리자
내 양쪽 발가락의 새끼발톱이
갈라지듯이 아프기 시작했다

내 몸은 아직 물갈퀴 시절을 기억하는지
자꾸 발톱이 갈라지고
장마에 온통 젖은 세상에서
헤엄칠 준비를 하고 있었다

뭍으로 올라온 후 쉼 없는 나날
내 몸은 다시 돌아가고픈 것이다
땀과 먼지로 뒤범벅이 된 지상의 삶을 덮고
온몸으로 꼬리치고 싶은 것이다

자본주의의 정신

하나밖에 없는 부인이나 남편을 배신하면
그건 배신이고 불륜이지만
수십 명 수백 명의 연놈을 배신할 수 있다면
그건 물건이야, 상품이라고.

나비부인, 남의 부인

풋치니?
푸치니?
부치니?
힘에 부치니?
나비부인,
남의부인 하고 놀기에
힘이 부치니?
오~(부러운 놈)패 라 패!

앞으로 앞으로

앞으로 앞으로
자꾸 걸어나가면
온 세상 어린이들을
다 만나고 오겠다고 했었지
허나 몸이 나라 밖을 넘어가기도 전에
어른이 되고 말았어
그래도 계속 가다 보면
그 아이들의 아들 딸들이라도
다 만날 수 있을까
아님 지금이라도
뒤로 뒤로 가다보면
옛날 옛적의
그 아이들을 다 만날 수 있을까

카사노바와의 대화

피울 수 있는 한 바람을 피운다.

남자 아닌 건 다 여자다.
(간혹 아닐 때도 있다)

여자 없는 동네는 없다.

임자 있는 여자가 바람을 안다.

먹는 건 그냥 달라고 해라.
여자는 웬만하면 먹는 걸 거절하진 않는다.

인류를 구할 생각을 하지 말고
네 옆에 있는 여자나 어떻게 해봐라.

별똥별

이렇게 한없이 먹고 싸다보면

지구는 정말 똥별이 될 거야

시는 바람이다

루이 아라공이라고 했던가
어느 날 그가 자기집 문고리를 잡고 물었다
시가 뭐냐고
그러자 문고리가 대답했다
사모님 외출하셨는데요

교사 남편

마누라는 나의 힘!

나의 배경!

나의 신앙!

'쯔쯔, 어쩐지 젊은 게 매일 놀고먹더라!'

밀란 쿤데라의 『불멸』

괴테의 연인 베티나?
당대의 몸은 젊은 놈들에게 가 있었더라도
후세에 이름은 늙었으나 유명한
괴테와 함께 남기를 바랐던
깜찍한 여자의 이야기?

모터쇼 모터걸

저 여자의 어디에 양극과 음극이 있단 말인가
미끈한 몸을 본넷트 위에 눕힌다
미끄러지듯이
어느 쪽을 타란 말인가
이게 은윤가 환윤가
이들의 문법이 혼란스럽다
잘빠진 걸, 모터의 여기저기를 만진다
유선형의 모터가 빳빳해지면서
앞으로 달려나갈 듯
미끄러지듯이
드디어 모터의 문을 열어제치고
걸이 걸의 자궁 안으로 들어간다
빨려 들어간다 바람처럼
이 웬 동성연애란 말인가
모터와 걸이 합체가 돼서
모터걸이 탄생한다
걸의 꽁무니에서 스르르 매연이 빠져나온다
미끄러지듯이
이건 또 웬 불륜의 씨란 말인가

과연 뭘 보여준다는 건지
모터? 걸? 모터걸? 고로 불륜?
쇼는 결국 쑈란 말인지
저 여자의 어디에 음극과 양극이 있어서
마침내 자가 발전을 한단 말인가

접두사 '숫'

어느 날 외과 의사들이 모여 남자들을 모두 거세했다
그리고 언어학자들이 이를 기록했다
그 후 수컷의 '숫'은 '수'가 되었다
— 수꿩, 수놈, 수캉아지, 수탕나귀, 수평아리, 수간호사
수간호사는 아냐? ……!
그 후 나는 이들을 볼 때마다 불알 없는 놈들을 생각했다
다행히 외과 의사들이 수술할 때 늦게 도착한
양, 염소, 쥐들은 그들의 불알을 지킬 수 있었다
— 숫양, 숫염소, 숫쥐……?
그때부터 주야로 아랫도리가 허전해서 방황하는 수컷들!

5부

대한민국의 마감 뉴스

흔들리면 가을이다

흔들리는구나
흔들리는구나
모든 것들이 그렇게
흔들리는구나

흔들리다
흔들리다
하나 둘 그렇게
떨어지는구나

떨어져서도
구르고
또 구르다가
그렇게 사라지는구나

사라지는구나
모두 그렇게 사라져서
아름다운 계절이구나
사라지는 것이 아름다운 때구나

꽃 뱀

아빠!
가을엔 뱀이 왜 독이 많아지는 거야?

겨울잠을 자기 전에 많이 먹어둬야 하거든.
그래서 독이 많아지는 거야.

으~응,
그럼 우리 나라 뱀 중엔 어떤 뱀이 독이 제일 많아?

그야 물론 꽃뱀이지!

독사가 아니고?

독이 있는 뱀은 모두 독사지
하지만 다른 뱀한테 물리면 죽기만 하지,
꽃뱀한테 물리면 죽기 전에 돈까지 빼앗긴단다.

우~와, 정말?

교회당 앞을 지나며

하나님 혹은 하느님
캄사 캄사합니다
여자를 만들어 주셔서
젊은 여자를 끝없이 보내주셔서
복 받을 겨!

여자만이 희망이야.

그 바람을 다 피워야 한다
– 맞바람의 추억

겨울, 산불을 내 본 적이 있는가
결코 한 면을 다 태우고
모자라면 반대편 면까지 다 태워야
끌 수 있는 산불처럼
바람도 그런 거더라
괜히 어설프게 훈계하지마
바가지 긁지 마, 그게 다 네 상처야
어차피 한쪽 면이 다 시커멓게 타야하듯
누군가의 마음이 모조리 시커멓게 타고나서야 꺼져
함부로 맞서지 마
그냥 조용히 맞불을 놓듯
맞바람으로 맞서봐
맞바람으로
바람은 역시 맞바람이야
기도하지마 빌지도 마
그저 맞바람이면 되

그대 지금 누군가의 바람으로 괴롭거든
맞불 놓으러 가세
에 헤라 디야~.

뼈 속의 바람

허파의 바람은 혹 뺄 수 있겠으나
뼈 속의 바람은 어쩌겠는가
시리디 시려 제 풀에 떠는 것을

누드에 대한 단상

왜 다들 벗지 못해 안달일까
세상 사람 모두가 이미 벌거숭이인데
세상 모두가 이미 치부를 다 드러낸 누드인데
뼛속까지 다 들여다보이는 날것인데

한국에로영화비사

개화기 혹은 일제 강점기쯤 되는 적당한
옛날 어느 산간 마을에
미색이 출중한 여자가 나타나, 시집을 오던가?
그 마을 모든 수컷들이 저절로 눈독을 들이게 돼
젊은 것에서 늙은 것들까지
별 볼일 없는 여자들의 눈은 돌아가고
그러던 어느 날 갑자기 그 여자의 남편에게 유고가 생기고
기회는 찬스라
온 동네 수컷들이 발정이 난 듯이 여자에게 달려들기 시
작하지
이름하여 돌림빵!
그 여자의 감창소리, 어지러운 잠자리에 날이 새고
며칠 사이 한 마을 수컷들은 모두 동서가 되지
아, 아름다운 토속사회, 한국 영화 만세다
여배우 언니 진짜 만세다, 그때 참, 애 많~이 쓰셨다.

그런데 말이야, 미안하게 이렇고 저런 뒷얘기가 돌거든
감독과 스탭 매니저, 네놈들 탓인 줄 알것다. 그지?

포르노 배우 문상기

　피곤해도 쉽게 잠들 수 없어 마이클 터너의 『포르노 작가의 시』를 읽으며 기차를 타고 밤새 문상을 간다 자기 어머니의 장례식에 여자의 나체 사진이 박힌 넥타이를 매고 가는 베티의 남자 친구처럼 이만한 문상도 없다 녀석들의 체위가 마음에 들지 않는다 자세를 바꾸며 다음 장을 펼친다 건너편 여자의 안부가 궁금하다

　망자의 한평생도 포르노와 다르지 않았을 것이다 체위를 바꿔가며 누군가의 비위를 맞추거나 자신의 쾌락을 쫓았으리라 굴신의 반복속에 나날의 영욕이 부침했을 것이다 발가벗고 태어나 발가벗고 뛰다가 발가벗고 가면서도 큰 소리 쳤을 인간들이 모두 그의 편이다 망자의 첫 포르노는 그의 엄마 자궁을 맨몸으로 통과한 것이다 감독 겸 배우 아빠 엄마 작품성이 있었는지 없었는지는 알 바 아니나 피눈물을 흘렸으리라

　"포르노에 '예술' 이나 '문학' 이라는 꼬리표가 붙으면 그것은 엘리트 문화의 승인 도장을 받은 것이 된다. 이 때의 대다수의 평범한 사람들은 포르노를 따분하게 여길까 봐 대체로 보려고 하지 않는다."

　여기에서 말하는 엘리트는 누구인가 엘리트 포르노 선수

포르노 엘리트 언어의 외설일 뿐이다

　망자의 알몸 앞에 납짝 엎드린다 가랑이 밑이다 어수선한 자리 체위를 바꿔가며 빨고 마시다가 돌아선다 길고 불편한 밤이다

　오르가즘은 없었다 지루다 지루하다

바람은 아무나 피나

한 번 달라고 그랬죠

그냥 웃더군요

쪽팔렸습니다

바람은 아무나 피나
바람은 아~ 아 무나 피~나

석불 石佛

산 정상까지 치받는
비릿한 세속의 욕망을 어쩌지 못해
강화 정수사 입구 암벽에 그려진
석불도 모습을 감추네
다시 무심한 돌이 되고 싶은 거라네

시를 위한 변명

만약 당신이 예술이나 문학을 원한다면 그리스인이 쓴 것을 읽으면 된다. 진정한 예술이 생겨나기 위해서는 노예제도가 필요 불가결하기 때문이다. 고대 그리스인이 그러했듯이, 노예가 밭을 갈고 식사를 준비하고 배를 건조하고, 그리고 그 동안에 시민은 지중해의 태양 아래서 시작詩作에 심취하고 수학數學에 몰두한다. 예술이란 그런 것이다.
— 무라카미 하루키, 「바람의 노래를 들어라」중에서

내가 명작을 쓰기 위해서는 적어도 한 명의 남자 노예와 세 명의 여자 노예가 필요하다 남자 노예가 밖에서 돈을 벌어오는 동안 한 명의 여자 노예는 밥하고 빨래하고 청소하고 또 한 명의 여자는 타자 치고 교정하고 나머지 한 명의 여자 노예는 내 섹스 상대가 되어줘야 한다 물론 세 여자 노예의 역할은 수시로 바뀔 수 있다 - 대개 현실에서는 1인 3역이거나 그도 저도 여의치 않은 경우가 많다- 이런 생각을 하고 있는 자를 용납하지 못하겠다면 - 사고가 미심쩍다고 출판을 거절하는 미심쩍은 놈들 - 예술에 대해 입도 뻥긋하지 말아야 한다 그리스·로마의 예술을 보고 감탄하지도 말아라 - 나는 사실 고대 예술이 대체로 좀 역겹다 - 그냥 밥 먹고 자라!

내 사상을 미심쩍어 하는 놈들을 위해 조금 더 나아가자면 내가 명작을 쓰기 위해서는 내 대신 몇 푼의 강사료를 위해 강의하고 채점하고 말도 안돼는 리포트를 눈이 빠지도록 들여다보고 쓰잘데없는 전화나 받고 때때로 욕 처먹고 운전하고 말도 안 돼는 교재 만들고 회의나 시위 집회에

참석하고 좆도 아닌 놈들에게 대신 대들고 싸워줄 노예들
이 필요하다 내가 명작을 쓰기 위해선 비오는 날이면 항상
줄 자세가 되어 있는 여자 노예도 필요하고 내 기분에 따라
알아서 벌릴 줄도 아는 예쁜 여자 노예도 필요하다.

이것저것 다 노예가 알아서 하고 나면 내가 쓰는 작품은
포르노가 될 거라고? 어쨌든, 아무래도 난 할아버지 대에서
너무 많이 내려왔다.

그냥 졸작이 낫겠다고? 그럼 그러지 뭐.

자화상

마흔 한 살

전직 교수요
사립대학 시간강사고

쪽팔린다

눈

타인의 눈이 그물이구나
학교나 회사 면접도
신춘문예 응모도
책 출판도
알량한 윤리도
국가보안법 폐지도
오늘의 이 밥 한끼도
모두 다 저들의 눈에 걸리는구나
썩은 저 눈,
파버리고 싶은 저 눈! 눈! 눈!

아들의 소장 도서

무인도에서 살아남기
아마존에서 살아남기
사막에서 살아남기
빙하에서 살아남기
화산에서 살아남기
초원에서 살아남기
바다에서 살아남기
시베리아에서 살아남기
동굴에서 살아남기
남극에서 살아남기
……

    – 사는 게 장난이 아닌가봐

시인의 진화론

당신들은 당신들의 본능과 논리로
오늘 하루도 행복한가?

있는 것들과 높은 것들의 부패와 향락이
그리고 무식한 것들의 뻔뻔함이
교실 안팎에서 썩고 있는 오후

그 개새끼들이 낳은 개새끼들과
개새끼들의 또 그 개새끼
개새끼들의 개새끼 개새끼들

그래서 개는 개를 낳고
개새끼들은 또 개새끼들을 낳으니,
오~, 기쁜 우리 개떼들!

오대천 래프팅

어디서부터 오해한 것인지는 모르나
래프팅을 표류하다는 뜻으로 오해하고 있었네
허기사 뗏목이나 표류하는 거나 거기서 거긴데
태준이네랑 상규네랑 모두 한참을 떠내려가다 보니
산다는 게 이렇듯 한 세상 떠내려가는 건데
표류하는 건데 왜 즐겁게 살지 못했나 싶데
좌충우돌 엎치락뒤치락 떠내려가다 보면 갈 곳에 가 있
을 텐데
그러면 되는 건데, 왜 즐겁게 그냥 몸을 맡기지 못하고
발버둥 친 것인지,……
사는 게 뭐 별거 있어, 떠내려가는 거지?
갈 때까지, 갈 데까지 막 가보는 거지!
그지?

모든 이별은 미숙했네

많은 사람을 만나고 떠나보냈으나
그 끝은 언제나 미숙했네

자라면서 그 수많은 풍경과
새로 만나고 헤어졌으나
마지막 풍경은 언제나 쓸쓸했네
미숙해서 쓸쓸했네

그 후로도 철든면서
많은 사람과 만나고 헤어졌으나
모든 시작의 끝과
사랑과 이별
그 끝은 언제나 미숙했네

모든 이별이 나름의 이유로 어리석었네
어리석은 만큼 또 그렇게 미숙했네

출산장려 운동

프롤레타리아의 어원이 애낳는 사람이라고
본래의 임무에나 충실하란 건가
그래, 우린 애밖에 낳을 줄 모르는 잡것들이지
언제는 출산 억제가 우리의 살 길이라더니
이젠 또 출산장려만이 살길이라네
대기업의 노동시장 유연화를 위해
군복무를 해야할 장정들 확보를 위해
모자란 연금을, 세금을 낼 대가릴 위해
자꾸자꾸 나라고 하네
그것만이 너희들이 이 세상에 공헌하는 길이라며
자궁문을 활짝 열라고 하네
이미 낳은 자식들 키우기에도 등골 빠지는데
멀쩡히 배운 자식들도 놀고먹는데
아이들은 일 년이면 만 명 이상이 버려지는데
고아 수출은 아직도 세계 최고라는데
앉아서 십 년 후 백 년 후
천리 밖을 내다본다는 헛것들이
또 무슨 수작인지
자꾸자꾸 교미 붙으라네

그 개소리 듣기 싫어 정관수술 해야겠네
마누라를 끌고 가, 아니 이 땅의 딸들을,
모두 끌고 가 자궁문을 막아야겠네!

대한민국의 마감 뉴스

하루를 마치며 우리가 걱정해야 하는 것은
대통령 탄핵만이 아니다
부패한 정치인들의 사생활이나
사라진 돈 궤짝만이 아니다
재벌 회장들의 구속이나
그 아들들의 탈세만도 아니다
제국주의의 무차별 폭격만이 아니다
하루가 다르게 오르는 기름 값이나 물가만이 아니고
자고 나면 늘어나는 실업자나
비정규직 노동자들만도 아니다
얼어붙은 남북 관계나
'퍼주기식'이라는 대북 관계만도 아니요
북한 동포의 기아나
김정일 동지의 건강은 더더욱 아니다
백 만에 달한다는 결손가정의 아동결식만도 아니다
잠자리에 들기 전까지
우리가 걱정해야하는 것은
강남 고층 아파트 옆의 판자촌도 아니고
팔학군이나 고액과외도 아니다

그 옆동네의 집값 상승도 아니고
청계천의 문화재도 아니다
군대 간 아들의 소식이나 가출한 딸
잃어버린 자식들의 안부만이 아니다
정말 마지막까지 우리가 걱정해야하는 것은
그런 것만이 절대 아니다
오늘 하루도 홈런을 치지 못한 이승엽의 안부와
부진한 박찬호의 투구
김병현의 불안한 손가락과 최희섭의 방망이
박세리의 오버파와 히딩크가 빠진 한국축구의 앞날
남편한테 맞고 산다는 연예인 K모 L모 아줌마
밀애설에 휘말린 영화배우 C양과 그 남자 친구
누드 사진이 돌고 있다는 B양과
전직 대통령 아들과 도망간 여자 탤런트의 앞날
별거중인 야구선수와 탤런트 자식들의 미래
술에 취해 뺑소니 운전을 한 가수 K와 탤런트 L모양 등등
우리가 하루를 마감하며 걱정해야 할 것은
절대 이들만도 아니다
오늘 하루도 그냥 마감할 수 없어 마감이 막~ 암이 된다.

다시 주례를 서며

내 바램이 니 바램이고
니 바램이 내 바램이다

내 바램이 니 바람이고
니 바램이 내 바람이다

내 바람이 니 바람이고
니 바람이 내 바람이다

'신부는 평생 주례를 사랑하겠는가?'
– 지금 작업중이야!

■ 시인의 꿈과 길

똥의 시학

어떤 사람이 내 시집을 보고 난 후 삭막한 모래 벌판에 찬바람만 쌩쌩 돌더라고, 시란 것이 따듯하고 아름다워야 하는 것 아니냐고 했다. 무슨 말인지 알 만 하다. 그리고 죄송하다. 하지만 세상엔 아름답고 따듯한 시만 있는 것이 아니다, 그런 세상만 있는 것이 아니듯이. 세상이 삭막하니 오히려 그런 세상에서 살고 있는 사람들에게 희망을 주고 온기를 주는 시가 필요한 것 아니냐는 말도 가능하다. 그러나 꼭 그런 것만도 아니다. 아름다운 글들만 모아놓은 책을 읽다보면 짜증이 날 때가 있다. 세상이 아름답지만은 않기 때문에 그런 글만을 읽다보면 역겨워진다. 반대로 세상을 부정적으로만 보고 있는 글들을 볼 때도 비슷한 느낌이 든다. 적절한 균형이 필요할 것이다.

하지만 그것이 마음대로 되진 않는다. 당분간은 세상과의 불편함이 계속될 것 같다. 나는 계속해서 내 앞에 있는 이 욕된 현실을 내지르고 쌀 것이다. 내 시는 내가 내지른 똥이다. 비록 내가 내지른 똥의 똥독 때문에 죽는 한이 있더라도 후회는 하지 않을 것이다. 그 사람이 선택한 단어가 그 사람의 상처이고 운명이듯이, 내 성격이 또한 내 운명이듯이.

혹자는 내가 엄청난 바람둥이 인 줄 안다. 기대에 미치지 못하는 면이 많아 항상 미안하다. 또 다른 혹자는 마초가 아닐까 나를 의심한다. 그 또한 기대에 어긋나는 것 같아 미안할 뿐이다. 몇 편의 내 시가 그런 오해를 불러일으켰을 수도 있다. 하지만 나의 다른 글을 보면 생각이 바뀔지도 모르므로 속단은 피하는 것이 좋을 것이다. 기회가 되지 않아서 발표하지 못하고 있는 「여자리콜」이라는 내 소설이 있다. 남자들이 주도적으로 만들어 놓은 이 세상이 마음에 들지 않아 여자들이 세상의 모든 남자들을 살해한다는 얘기다. 여기까지만 얘기하겠다.

시 속의 화자가 시인이 아니라고 단언할 순 없지만, 딱히 시인과 일치한다고 말 할 수도 없는 일 아닌가. (웬 변명?)

시집을 한두 권 엮어내다 보니 새삼 시집이 편집 예술임을 깨닫게 된다. 써놓은 시들 중에서 어떤 시들을 모으느냐에 따라서, 모아놓은 시들을 또 어떻게 배치하느냐에 따라서 시집의 느낌과 분위기가 확 달라지는 것을 느끼게 된다.

이번 시집의 화두는 바람이다. 바람이 가는 대로 엮어봤다.

1965년 강화 교동도에서 지난 세기의 분단전쟁(통일전쟁이
라고 했다가 욕을 보고 있는 인간을 거울 삼아 분단
전쟁이라고 한다.)에서 심하게 욕을 본(저들 말로
반동 경찰쯤 됐나보다. 해방 이후 경찰이 되었다가
전쟁 전에 옷을 벗은 상태였으나, 쟤네들도 한번 경
찰은 영원한 경찰 정도로 생각한 모양이다. 팔봉처
럼 인민재판에 끌려 나가서 몽둥이 매질 아래 공식
적으로 맞아죽었으나, 나중에 비공식적으로 살아나
셨다. 비슷한 일이 두 번 이상 반복되면 기적이랄
수도 없는데 희한한 일이다.)후, 별로 세상을 현명
하게 살지 못한 아버지 전주 이씨와 덕분에 고생밖
에 할 것이 없었던 어머니 밀양 박씨 사이의 2남 3
녀 중 막내로 태어났다. 내가 태어난 마을은 전주
이씨 집성촌이었다. 내가 태어났을 때 나라는 이미
나뉘어져 있었고 세상은 그리 살만한 곳이 아닌 듯
했다. 우리 집 마당에서 이북이 건너다 보이는 섬에
서 나고 자라다보니 우리가 분단 국가라는 사실만
은 자연스럽게 알게 되었으나, 삼한통일의 대업을
위해 일생을 걸만큼 인간의 꿈이 원대하지는 않았
다. 궁벽한 섬에서 태어나서 자라다 보니 본 것이
그리 많지 않아 그저 시나 소설을 읽는 국어 선생님
이 되면 되는 게 아닌가 하는 생각을 하는 것이 고
작이었다. 그때 거기도 예외는 아니어서 자고나면
친구들이 하나 둘 주변에서 사라지는 이농현상을

경험했으며, 장마철이면 바다로 떠내려온 지뢰에
주변 사람들이 죽거나 다치는 것을 심심치 않게 보
았다. 동성 마을에서 남이랄 수 없는 사람들이 대도
시로 나갔다가 상처받고 돌아와 자살하는 일들을
보며 사는 일이 만만치 않거나 신통치 않다는 사실
을 일찍부터 짐작할 수 있었다. 갯골에서 오랫동안
함께 망둥이 낚시를 했던 뒷집 선규 형(손자뻘)이나
조카 옥순이 누이의 죽음은 오래도록 뇌리에 남아
있다. 서울에 있던 누나들이 보내준 한국문학전집
을 보며 나름대로 조숙한 정신세계를 가지게 되었
다. 중학교 땐 학생회장을 했으나 졸업 후엔 동창회
한 번 하지 않았다. 직무 유기다. 동창들에겐 내내
미안했다.

1981년 고향을 떠나 인천에서 보낸 고등학교 생활은 격조
했다. 도원동 산꼭대기에 있던 학교는 서해에서 불
어오는 바람에 그대로 노출되어 있었다. 운동장에
깔아놓은 모래가 일 년 내내 바람에 날렸고 신발 바
닥에 묻어 교실로 들어왔다. 학교는 지저분했고 마
음 둘 곳 하나 없었다. 프로 야구장이 그대로 내려
다보이는 곳에 학교가 있었지만 전두환 정권에 의
해 그때 막 시작된 프로 야구엔 별 관심이 없었다.
연고지가 인천이었던 삼미가 이기든 지든 남의 나
라 일이었다. 무미건조한 생활을 삼류 번역 소설을
읽거나 고향에 있는 정자와 편지를 주고받으며 견

덨다. 이사를 많이 다녔다. 학교 교실에서 공부하던 어느 일요일 날, 북한군 조종사였던 이웅평 대위가 미그기를 몰고 넘어올 때, 전쟁이 났다는 방송을 듣고 이제 난 고향에 계신 부모님과 이산 가족이 되는구나 하는 생각을 했던 기억이 특별하게 남아 있다. 훗날 공군에서 이웅평 대위(당시에 공군 중령)를 만났는데 기분이 묘했다. 같은 반이었던 고향 친구 일교가 고 2 때 수학여행을 다녀온 직후 자살했다. 일교네와 우리 집은 고향에서 소 한 마리를 함께 키운 적이 있었다. 소 반 마리는 일교네 거였고 반 마리는 우리 집 거였다. 보름이 지나면 일교가 소를 끌고 이웃 동네에서 우리 집으로 왔는데, 우리 어머닌 항상 내가 일교만 못하다고 타박이었다. 야무진 일교가 왜 그렇게 세상을 버렸는지 모를 일이었다. 나는 주로 교실의 앞쪽에서 놀았고 일교는 뒷쪽에서 놀았다. 그 일과 상관이 있는지는 모르겠다. 당시엔 교실 앞쪽과 뒷쪽이 서울과 부산 사이의 거리만큼 멀게 느껴졌다. 그 후 고향에 갈 때면 일교네 집 앞을 지나가기가 미안해서 저만치서 자꾸 멈칫거렸다.

1984년 뭔가 낭만적인 생활을 꿈꾸며 고려대학교 국어교육과에 입학했으나 대학생활은 끔찍했다. 평범한 일개 대학생의 신분으로서 갑자기 떠 안기엔 조국의 민주화와 통일 그리고 탈종속과 선진화란 과제는 너무나 벅찬 것이었다. 쿠데타로 집권한 대통령 부부와 그 일당들 및 그 가족들의 희대의 사기극을 지켜보며 절망하기 일쑤였다. 강의실은 시시했고 선생들도 적당히 태만했다. 대학 생활의 반은 후배들을 데리고 엠티를 다녔으며, 틈틈이 사회과학 서적들을 탐독했다. 그런 우리를 두고 당대의 권력과 언론은 운동권, 혹은 일부 극소수 좌경용공세력이라고 했고, 훗날의 세상 사람들은 386 혹은 사회과학 세대라고 말했으나 어느 것도 마음에 들지는 않았다. 예나 지금이나 언론에서 떠들어대는 운동권과 비운동권 식의 이분법적인 단순 구분이 몹시 마음에 들지 않는다. 데모는 체질에 맞지 않았으나 시대 앞에 부끄럽지 않을 만큼은 했다. 허나 나보다 더 많은 것을 희생했던 선배나 동료들 앞에선 늘 부끄러웠다. 하지만 변절이 뭔지도 그들로부터 배웠다.

1988년 전공 공부를 게을리한 터라 그냥 졸업하기가 민망하여 고려대학교 국문과 대학원에 진학했다. 그게 실수라면 실수다. 이 땅에선 가방 끈이 길어질수록 피곤하다는 사실을, 감당해야할 치욕과 고통이 길고도 깊다는 사실을 재빨리 눈치채지 못한 나의 아둔함 때문에 지금도 속이 쓰리다. 나중에 〈두사부일체〉란 영화를 보며 학교란 곳이 때론 조폭들의 세계만도 못하다는 사실을 새삼 알게 됐지만, 때늦은 수업이었다. 대한민국에 예외는 없었던 거다. 잠시 현대고등학교에 출강했다.

1990년 석사과정을 마치고 한겨울에 공군사관후보생 87기로 군에 입대했다. 교육 과정은 춥고 힘들었지만 마음은 오히려 편했다. 공군 소위로 임관한 후 수원비행단에서 잠시 근무했다. 다시 진주의 공군교육사령부 공군기술고등학교 교육대에 배속되어 교관 생활을 했다. 그 곳에서의 생활은 대체로 만족스러웠다. 틈나는 대로 동료들과 남도의 경치를 감상하며 돌아다녔다. 그러면서 거친 대학 생활을 하는 동안 한 편도 쓰지 못했던 시를 다시 쓰기 시작했다.

1992년 청평에서 국어 교사로 있던 현재의 아내 임영미와 결혼도 했다. 주말이면 통근 버스, 비행기, 전철, 기차, 택시 등 모든 교통 수단을 바꿔타며 천리 밖을 오르내리는 신혼 생활을 했다.

1993년 가을에 첫째 아들 영섭이를 얻었다.

1994년 봄, 41개월간의 군복무를 마치고 공군에서 전역을 한 후 그 해 다시 박사과정에 입학을 했다. 이래저래 생활이 힘들었다. 춘천의 한림대학교에 잠시 출강했다. 시골에 계셨던 부모님이 올라와 살림을 합쳤다. 적응할 수 없는, 무기력한 현실 생활이 계속되었다.

1996년 박사과정을 수료하자마자 운 좋게 전임이 되어 전북 남원으로 내려갔다. 둘째 아들 지환이가 태어났다. 아이들 이름엔 모두 돌림자를 쓰지 않았다. 별로 되풀이하고 싶지 않은 집안의 운명을 물려주고 싶지 않았기 때문이었다. 그 일로 집안의 어른들로부터 남의 집안사람 같다는 말을 들었다. 사실 다 남이었다. 남원에서의 일 년간의 생활은 그런 대로 행복했으나 문민정부 말기에 설립자가 횡령 등 11가지 죄목으로 전격 구속되고, 학교가 분란에 휩싸이기 시작했다. 뜻있는 교수들과 학교를 살리기 위해 교수협의회를 만들었으나 구속되었던 설립자가 실형을 선고 받은 지 20일 만에 기가 막히게 사면 복권되자, 뜻을 같이 했다고 생각했던 교수들이 하나 둘 빠져나가기 시작했다. 일부는 회유에 넘어가는 척 마지못해, 일부는 협박에 못 이겨서, 또 일부는 알아서 기었다. 학교 정상화를 요구하는 학생들을 마구 자르는 것을 보고 내가 선생이란 사실이 부끄러워서 사표를 써놓고 지냈다. 윤승호 전북일보 전 기자, 한병옥 선생님, 지리산 실상사의 도법 스님, 문홍근 목사 등 지역 사회의 뜻있는 분들과 '남원경제정의실천시민연합'을 만들고 도법 스님과 함께 공동대표로 일했다. 지리산 댐 건설문제, 지리산 골프장 건설, 쓰레기 매립장 문제, 새만금 문제 등 지역 현안과 문제점들을 조율하면서 이해관계가 엇갈린 지역사회의 문제들이 생각보다 쉽게 해결되지 않는다는 사실을 배웠다. 개발 논리 속에 도사리고 있는 무분별한 졸속 공사의 폐해가 생각보다 심각하다는 사실도 알게 되었다. 재임용 때가 되자 설립자는 교무처장과 총장을 통해 교수협의회의의 탈퇴 각서를 요구했다. 각서를 쓰고 탈퇴하면 재임용을 해주고, 그렇지 않으면 해직시키겠다고 수차례에 걸쳐서 통고를 해왔다. 이미 교수협의회는 교수들이 다 탈퇴하고 유명무실한 집단이 되어 있었으나 학교측의 요구가 경우에 맞지 않는 일이라 거절했다.

2000년 최승익, 김영주, 이현석 교수와 함께 새 천년, 새 학기가 시작되는 날 해직됐다. 덕분에 첫째 아들의 초등학교 입학식 날, 아이의 엄마 대신 아이를 데리고 초등학교로 갔다. 누가 시킨 짓인지 알아서 한 짓인지 모르겠지만 마름같은 학교 직원이 와서 내 연구실 철문을 용접해 버렸다. 나는 내가 선비라고 생각하며 살았다. 품위를 위해 밥줄을 놓았으나 뒤에선 마누라를 믿고 까분다고 궁시렁댔다. 인간들이 비루하고 졸렬했다. 앞날이 뻔한 학교에 복직하는 것을 원하진 않았으나 무분별한 대학의 설립과 난립, 그리고 재단의 횡포 등 뿌리 깊은 한국 사회의 사립 대학 문제들을 사회에 알리고 시정하기 위해 그 후 몇 년 간 '××대학교 문제 해결을 위한 대책위원회'(위원장:이병채)를 만들어 교육부를 비롯한 관계 기관과 국회, 법원, 감사원, 청와대 등을 상대로 문제 해결을 위해 노력해 왔으나 시간

끌기, 책임 소재 떠넘기기, 형식적인 답변으로 일관하기 등 전형적인 관료주의 행태만 목격했다. 내 개인의 노력은 별거 아니었으나 지역 사회에 대학을 유치하여 발전시키고자 했던 남원 시민의 노력과 정성이 무위로 돌아간 것이 안타깝다. 해직된 후 그나마 선배들과 주변 사람들의 도움으로 전주대학교, 전북대학교, 우송공업대학 등에서 시간 강사, 겸임 조교수, 객원 교수 등의 직함으로 전공과 교양 강의를 했다. 개인적인 호의와는 무관하게 비정규직이나 다름없는 이러한 교수 경험을 통해서 우리 나라 대학의 구조적인 모순을 다시 이해하고 경험했다.

2007년 현재는 모교인 고려대학교에서 시간 강사로 있으면서 세상 공부를 다시 하고 있으나 아직까지 주변에 희망은 없다. 이젠 정치인들만 너무 나무라지 않기로 했다. 개들의 추태는 대한민국 인간들의 평균적인 모습일 뿐이라고 생각한다. 개들이 나고, 내가 개들이다. 세상은 배울수록 추악하다는 사실을 알면 된다고 생각한다. 적당히 배우고 적당히 알면 세상이 아름답고 행복할 수도 있을 것 같다. 희망은 항상 위에 있지 않고 아래에 있었으며, 중심에 있지 않고 주변부에 있었다. 더 이상 세상 사람들에게 특별히 기대하는 것은 없다. 인간들은 누구나 살아가면서 기회가 되면 적당히 할 짓들은 다

한다. 그렇기 때문에 위대한 것인지도 모르겠다.
내가 살아온 흔적이 그 동안 출간했던 두 권의 시
집과 저서에 부분적으로 들어있으나 별로 주목받
지 못했다. 당대는 권력 내지 아부고, 십여 년 후는
실력이고, 몇 백 년 후에도 살아남느냐는 그저 운
이라고 생각한다. 그러나 후대에도 별로 기대를 걸
지는 않는다. 왜냐하면 그때에도 또 나와는 상관없
는 실리적이고 현실적인, 권력의 향배에 눈밝은 정
치적인 인간들의 시대가 계속될 테니까. 그 동안
조직의 쓴맛을 너무 많이 봐왔다. 조직의 단맛도
좀 보며 살도록 노력하겠다. 주위의 사람들을 소중
하게 생각하며, 특히 언니들을 사랑하며 살겠다.
같은 배신이라고 해도 차라리 언니들에게 당하는
것이 났다. 윗강물 아랫강물이 뒤섞이는 파주 통일
동산에서 이 글을 쓴다. 뭐든 저렇게 자연스럽게
뒤섞이는 게 좋은 것 같다. 북핵 소식만 아니라면
그런 대로 좋은 날들이다. 그러나 이 모든 것이 새
삼스럽지는 않다. 때가 되면 상황은 또 변할 것이
다. 형편이 여의치 않아 여기저기 돌아다니다 보니
이곳까지 오게 됐다. 이사를 지겹게 다녔다. 어느
날 주민등록 초본을 떼어보니 세 장이나 되었다.
그런 나를 두고 부동산 투기나 하러 다니는 놈으로
보는 인간들이 있다. 착각은 자유지만, 제발 참아
달라. 난 당신들이 생각하는 그런 인간이 아니다.

전쟁이 끝난 지 오십 여 년 만에 아버지의 무공훈장 증서가 아버지에게 전달됐다. 본인도 모르고 있었던 사실이다. 졸지에 국가유공자 자녀가 됐다. 하지만 여태껏 그 혜택을 받아본 적이 없다. 아버지가 평생 하신 일이 그 지경이다. 나도 내가 누구인지 모르겠다. 그러나 오늘도 이곳 전방은 무사하다. 어느 날 함께 사는 여자가 또 다시 말했다. '인간아, 그래서 행복했냐?' 여기까지만 말하고 싶다. 김한중 군과 그 일당들, 그리고 나를 스쳐간 모든 인연들을 추억하며 그들에게 이 시집을 바친다. -단기 4339년 분단조국 62년 해직 7년차 병술년 초에 정리하고 가을에 다시 교정하여 이듬해인 정해년 봄에 펴낸다.